KB005618

읽음

정태성 시집 (9)

도서출판 코스모스

읽음

머리말

모든 것을 잃었다고 생각했습니다.

나름대로 열심히 살아왔다고 생각했건만

모든 것이 사라져 버렸다는 생각이 들었습니다.

마음은 텅 비어 푸른 하늘만 바라보는 날들이

많아졌습니다.

그래도 시를 쓰며 용기를 내려 노력하였습니다.

시는 그렇게 저에게 조금이나마 위로가 되었습니다.

2022. 5.

저 자

차례

차례

차례

차례

1. 잃음

타인이 원하는 걸 하다가
나를 잃었습니다

다른 사람을 위해 살다가
나를 잃었습니다

다른 이에게 맞추다가
나를 잃었습니다

나를 생각하지 않다가
나를 잃었습니다

나를 잃었기에
모든 것을 잃었습니다

이제는 잃어버린 나를
찾아야 합니다

더 이상의 나를
잃지 않기 위함입니다.

2. 사람들

시간이 오래 지나도
기억나는 사람

세월이 많이 흘러도
마음에 남아 있는 사람

시간이 아무리 지나도
만날 수 없는 사람

아무리 만나고 싶어도
이제는 만날 수 없는 사람

사람은 그렇게
나의 삶을 채우고
만들어가나 봅니다.

3. 파도 되어

알 수 없는 아픔이
파도 되어 나를 덮치고

어쩔 수 없는 미련이
파도 되어 나를 감싸네

수많은 일들이
파도처럼 밀려오고

많은 사람들이
파도처럼 스쳐가네

차라리 내가
파도 되면 좋으련만

운명은 파도 되어
산산이 나를 부수네.

4. 이어지니

아닐 듯 아닐 듯하면서
어떻든 이어지고

이제는 이제는 하면서
어떻든 계속되며

그런가 그런가 하면서
어떻든 연속되니

이제는 이제는 하면서
받아들여야 하는가 봅니다.

5. 새벽녘

아무도 다니지 않는 새벽녘
잠이 깨어 달렸습니다

주위는 아직도 깜깜하고
추운 겨울바람은 온몸을 파고듭니다

나를 달리게 하는 그 무엇을
나도 알 수는 없었습니다

새벽녘 나의 눈을 뜨게 하는
그 무엇도 나는 알지를 못합니다

시간이 아무리 지나고
세월이 아무리 흘러도
그 무엇을 알 수는 없을 듯합니다

그 무엇을 모른 채 달려야 하는 것이
아마도 나의 운명인 듯합니다

오늘도 새벽 바람은
무척이나 차가웠습니다.

6. 내가 그립다

추억 속의 내가 그립다

순수하고 꿈 많던
그 시절이 그립다

아팠지만 고민했던
그 시간이 새롭다

시간의 흐름 속에
잃어버린 것들이 아쉽다

돌아오지 않을
그 무언가에 서럽다

추억을 그리워하는 나를
내 가슴에 묻는다.

7. 괜찮다

알지 못해도 괜찮다
다 안다고 해서 되는 것이 아니다

나보다 덜 좋아해도 괜찮다
내가 더 좋아하면 되기 때문이다

나한테 화를 내도 괜찮다
화내는 것은 다 받아줄 수 있다

내가 손해 봐도 괜찮다
그까짓 손해 아무것도 아니다

지나간 것은 아무래도 괜찮다
앞으로 좋은 날들만
있기를 바랄 뿐이다

모든 것은 아무래도 괜찮다
아프지만 않았으면 좋겠다.

8. 그래도 되련만

나한테 화를 내도
다 받아줄 수 있는데
그러지 못하는 너를 보니
가슴이 아플 뿐이다

원하는 것을 말하면
들어주려 노력하건만
말을 하지 않으니
안쓰러울 뿐이다

힘들다고 이야기하면
위로라도 해주련만
힘들지 않다고 하니
마음이 무거울 뿐이다

이제는 무거운 것
모두 다 내려놓고
자유롭게 가려무나

힘든 것 내려놓고
이제는 편히 가려무나.

9. 마음

폭풍 속에서도
마음은 평온할 수 있다

바람이 아무리 불어도
마음은 흔들리지 않을 수 있다

아무리 속상한 일이어도
마음은 우울하지 않을 수 있다

어떠한 일이 생겨도
마음은 이겨낼 수 있다

비참한 일이 닥쳐도
마음은 연연하지 않을 수 있다

그 마음 있는 곳에
내가 있고 모든 것이 있다.

10. 마음속으로

물 흐르는 소리가
나의 마음에 들어왔다

창밖의 달빛이
나의 마음을 비추었다

어디선가 들리는 새벽 종소리가
나의 마음을 울렸다

펑펑 쏟아지는 하얀 눈이
나의 마음에도 내렸다

이제는 마음속으로
많은 것을 받아내고 싶다.

11. 라르고

어디선가 들려오는 음악 소리에
내 영혼은 잠이 깨고

낮지만 고요한 오르간 소리가
내 마음에 찾아드니

힘들게 하던 머릿속 생각들이
불현듯 어느새 사라져 버리네

알고 보면 아무것도 아닌 것을
왜 그리 움켜쥐고 있었던가

영혼을 비우고
마음을 내려놓으니
이리도 평화롭고 자유로운 것을

황량한 사막을 건널 때나
드높은 산맥을 넘을 때나
무한한 대평원을 지날 때도
알 수 없는 힘으로 다 지나왔거늘

모든 것은 그렇게 지나가거늘
아직도 의심하고 걱정하는가

오늘도 들려오는 하늘의 음악이
이 밤을 무사히 건네주리라.

12. 녹턴

창밖에 달빛은 빛나고
밤은 깊어만 갑니다

별빛은 오늘도 아름다운데
마음은 왠지 쓸쓸합니다

지나온 시간은 아쉽기만 하고
남아 있는 시간은 두렵기만 합니다

조용히 피아노 소리를 들으며
새벽을 기다립니다

이 밤에 많은 생각이 나는 것은
아직도 삶이 어렵기 때문인가 봅니다.

13. 위로

마음의 깊은 곳에서 원한다 해도
이룰 수 없었습니다

모든 것을 극복하고자 했으나
결코 쉽지가 않았습니다

할 수 있는 노력을 했지만
너무나 역부족이었습니다

아픔을 보고만 있으려니
눈물만 흐를 뿐입니다

너무나 고독한 그 모습에
신이 축복해주리라 믿고 싶습니다

나의 진실된 마음이
조그만 위로라도 되길 바랍니다.

14. 어느 빛 하나

추운 어둠 속에서
길 잃은 숲속에서
헤매고 있었습니다

어디선가 날아온 빛 하나가
나의 마음을 끌어당겼습니다

그 빛을 따라
알 수 없는 힘에 끌려
다시 걸음을 옮겼습니다

조그만 오솔길이 보였고
흔들리던 마음은 안정되었고
추위는 어디론지 사라져 버렸습니다

그 빛은 이제 나의 마음에 남아
나머지 길도 갈 수 있을 듯합니다.

15. 존재함으로

그 사람이
존재하는 것만으로 충분하다
그 사람을 통해
어떤 것을 얻을 필요가 없다

만날 수 있으면 만나고
만나지 못하면
다음을 기약하면 된다

그 사람에게 어떤 것을
원하지 않는다
그에게서 나를 찾지 않는다

내가 그 사람을 구속하지 않고
나도 그 사람으로부터 자유롭다

집착하거나 연연하지 않고
그저 담담함으로 충분하다

오래도록 아무때나
그 자리에 존재함으로 충분하다.

16. 그럴 수 있다

받아들이지 못할 것 같지만
언젠간 받아들일 수 있다

많이 아프고 힘들지만
언젠간 온전히 치유될 수 있다

마음을 비울 수 없지만
언젠간 깨끗이 비울 수 있다

연연하고 미련이 있지만
언젠간 모두 털어버릴 수 있다

꽃이 피었다가
언젠간 떨어지는 것과 같을 뿐이다.

17. 일상에서

저녁을 먹을 수 있었다
고요한 마음으로 산책을 나갔다
아이들의 노는 모습에
미소가 지어졌다
어두워지는 밤하늘을 바라보았다
별빛이 하나둘 나오기 시작했다
찬 바람에 옷깃을 여미었다
누군가에게서 연락이 왔다
안부를 물었고 약간의 대화를 했다
커피를 마시며 책을 읽었다
소박한 나의 일상이지만
고맙고 감사할 따름이다.

18. 흔적도 없이

마음에 아무런 흔적도 없이

꼭 해야 하는 것도 없이
안 하면 안 되는 것도 없이

취해도 취한 바 없이
버려도 버린 바 없이

만나도 만난 바 없이
헤어져도 헤어진 바 없이

땀 흘려도 흘린 바 없이
눈물 흘려도 흘린 바 없이

바람처럼 걸림도 없이
내 마음에 아무런 흔적도 없이

19. 충분하니

가지지 못한 것은 상관할 바 없다
지금 있는 것으로 충분하다

내게 필요한 것은 많지 않다
지금 있는 것으로 충분하다

20. 어떻게 있음

많이 가지고 있어도 부족하다고
많이 없어도 풍요하다고

별 문제없는데 힘들다고
어려운 문제가 있는데 괜찮다고

모든 것이 사라졌는데 희망을 생각하고
남아 있는 것이 많은데 절망하고

이해할만한 데 미워하고
이해하기 힘든 데 사랑하고

받아들일 만한 데 밀어내고
받아들일 수 없는데 포용하고

그 많은 순간에
우리는 어떻게 있는 것인가

21. 참된 앎

그것이 어떻게 될지 잘 모른다
이것도 어떻게 될지 잘 모른다

내가 분명히 아는 것은 없다
확실하게 알 수 있는 것은
아무것도 없다

내가 무엇을 알고 있다는 생각은
진실된 앎을 방해할 뿐이다

무엇이든 가능성이 있을 뿐이다

내가 모름 속에 있을 때
참된 앎이 나에게 다가온다.

22. 반응

나를 아프게 해도 반응하지 않고
나에게 욕을 해도 반응하지 않으며
나에게 화를 내도 반응하지 않는다

상대가 어떤 일을 해도 반응하지 않고
내가 그에 의해 좌우되지 않으면
나의 삶의 주인은 온전히
내가 될 수 있으리.

23. 용서

미워도 미워하지 말고
싫어도 싫어하지 말며
원한이 있어도 안으로 품지 말고

미움과 증오와 다툼을
다 놓아버리고

기대와 가능성과 미련을
다 버려버리고

마음을 온전히 비워서
그냥 다 용서할 수 있도록

24. 행복은

행복은
그냥 내버려 두는 것

물이 흘러가는 것 처럼
바람이 부는 것 처럼
계절이 변하는 것 처럼

행복은
나의 뜻대로 되길 바라지 않는 것

여름에 눈이 내리지 않고
봄에 단풍이 들지 않고
세월이 거꾸로 가지 않은 것처럼

25. 지혜로운 사람

어리석은 사람은
다른 사람을 탓한다
다른 이의 잘못을 말하고 있다면
그는 어리석기 때문이다

지혜로운 사람은
나 자신을 탓한다
모든 것이 나의 잘못이라고
나로 인한 것이라고 말한다

진정으로 지혜로운 사람은
그 누구도 탓하지 않는다
그는 삶을 이해하고
받아들일 줄 알기 때문이다.

26. 모를 뿐

내가 중요하다고 생각하는 것이
실은 아무것도 아닐 수 있다

내가 꼭 해야 하는 것이
별것 아닐 수도 있다

내가 진정 바라는 것이
헛된 것일 수도 있다

그 모든 것의 실체는
알 수가 없다

모든 것은 모를 뿐이다.

27. 변하니

모든 것은 변하니
변하지 않을 것을
기대하지 않으리

그것은 그 자리에 있지 않고
사람은 그대로 있지 않고
마음과 감정도
그 상태로 있지 않으리

변함은 당연하고
받아들이고
마음을 비워야 하리

변하는 것에
절망할 필요도
미련을 가질 필요도 없으리

모든 것이 변하니
지금 이 순간을
살아가면 충분하리라.

28. 겨울 산사에서

겨울의 한 복판

황량한 산길을 걸으며
옷깃을 여미었습니다

나 홀로 찾은 산사에는
고즈넉한 정적이 흐르고

이울어가는 햇빛에
저녁노을이 아득합니다

바람에 흔들리는 나뭇가지
아스라이 들리는 풍경소리

부지런히 집을 찾은 새소리에
고요한 평안이 찾아옵니다

춥지만 춥지 않기를 바라며
힘들지만 힘들지 않기를 바라는 것은
나의 욕심인 것인지

이 깊은 산사에서
그 모든 허망한 것을
내려놓으렵니다.

29. 변한다는 것을

모든 것이 변한다는
것을 몰랐습니다

항상 그 자리에
영원히 그 자리에
있을 줄 알았습니다

감당하기 어려워
마음이 무겁고
삶이 원망스러웠습니다

모든 것이 변하는 것을
왜 몰랐던 걸까요?

그다지도 삶의 여유가
없었던 것인지

변하지 않을 것이라
믿었던 것인지

이제는 지금
이 순간에 만족합니다

그것이 최선이라는 것임을
이제는 확실히 알 듯합니다.

30. 풀리지 않기에

풀릴 거라 생각했건만
풀리지 않고

풀리길 원했건만
풀리지 않습니다

노력해도 안 되고
원한다 해도 되지 않는 것

삶은 그렇게
마음대로 되지 않는 것

이제는 마음 편히
그냥 받아들일 뿐입니다.

31. 물소리

어디선가 들리는
물 흐르는 소리

순리에 따라
흘러가는 것이
왜 그리 부럽기만
한 것일까?

바위에 부딪혀
부서져도 상관없고

무언가 막아도
휘돌아 가면 되고

아래로 아래로
거침없이 흐르는 물처럼
나도 그렇게 자유로이
흘러갈 수 있다면

32. 갈 수 없는 곳

이제는 아련한
아득히 머나먼 곳

더 이상 갈 수 없어
마음에만 존재하는 곳

아쉽지만 어쩔 수 없어
그리움만 깊어가는 곳

잊혀질 줄 알았건만
마음이 떠나지 않는 곳

한 번만이라도 다시
가볼 수 있다면

33. 새벽

새벽을 기다리는 이유는
희망이 있기 때문입니다

어두운 밤은 언제나 있는 법

밤이 깊어질수록
새벽이 다가옴을 압니다

밤이 길다고
슬퍼하거나 힘들어할
필요가 없습니다

이 밤이 지나면
밝고 아름다운 날이
다시 시작될 테니까요

34. 메아리

무심한 저 산마저
메아리로 답하건만

무정한 사람들은
아무 답도 하지 않는다

사람이 자연보다
나은 것이 무엇일까?

자신만을 바라보기에
메아리조차 알 길 없다

지나고 나면 허망할 것을
대답조차 못하누나.

35. 나를 만난다

내 안에 있는 나를 만났다
낯설고 익숙지 않은
내가 모르는 나였다

내 안에 있는 나를 외면했다
내가 원하지 않는 나를 위해
무심코 외면해 버리고 말았다

내 안에 있는 진정한 나를 찾는다
지나간 시간이 후회스럽지만
남아 있는 시간을 위해
그렇게 진정한 나를 만나려 한다

36. 더 이상은 없으니

끝이 없으리라 했건만
어느새 끝에 다다르고 있다

영원히 있으리라 생각했건만
영원한 건 없다고 깨달을 뿐이다

그렇게 되지 않을 줄 믿었건만
그렇게 되어 버리고 말았다

나의 능력은 거기까지인 건을
어찌하란 말인가

서글프고 아쉬울 뿐
더 이상은 없다는 걸 알 뿐이다.

37. 빛

내 능력의 한계에 부딪혀
더 이상 앞이 보이지 않았으나
알 수 없는 조그만 빛이
나에게 조용히 다가왔다

그 빛을 따라
잃었던 용기를 얻었고
마음의 안식을 느끼며
떨어뜨렸던 고개를 들어
아득한 저 하늘을 바라보았다

어둠 속에 묻혀있던 밤은
그렇게 지나가고
이제는 새로운 날들이
기다리고 있으니

새로운 힘을 얻어
다시금 날갯짓하여
보다 높은 하늘을 향해
아직 닿지 못한 그곳까지
원 없이 힘차게 날아올라 보리라.

38. 어떤 길

이 길을 따라 걷는 이유는
운명이라 생각되었기 때문이었다

알 수는 없지만
알 수 없는 그것이
나를 끌어당겼다

그 길을 걷다 보니
모든 것을 만났다

돌이켜 보면
운명의 길은 따로 없었다

모든 길은 비슷할 뿐
특별한 것도 다른 무엇도
없음을 알았다

그저 어떤 길이든
어떻게 걸었는지
어디까지 걸었는지
포기하지 않았는지만
중요할 뿐이었다.

39. 잡을 수 없으니

파도치는 바닷가를 거닐 때나
넓은 들판을 지나갈 때나
높은 산을 올라갈 때나
숲속을 걸어갈 때도
스쳐 가는 바람을 잡을 수는 없었다

꿈 많던 지나간 시절이나
해야 할 일을 하는 오늘이나
앞으로 다가올 내일에도
흘러가는 시간을 막을 수는 없으리.

40. 고비를 넘기면

힘들어도 고비를 넘기면
또 다른 안식이

괴로워도 고비를 넘기면
또 다른 기쁨이

외로워도 고비를 넘기면
또 다른 평안이

불행해도 고비를 넘기면
또 다른 행복이

어떤 것이라도 고비를 넘기면
또 다른 세상이 있으리니

41. 삶의 조각들

빛이 스며들었다
그 깊은 어두움을 뚫고서

끝나지 않을 것 같았던
암흑의 시간도
언젠가는 지나가기 마련이다

더 밝고 아름다운
시간이 기다리고 있다

못다 한 삶의 조각들
시도하지 못했던 삶의 이면들

이제서야 나에게 주어지는
것일지도 모른다

주저 없이 받아들인다
또 다른 삶의 파편들

묵묵히 조각조각 모아
또 다른 완성을 이루기 위해

42. 이제는

또 다른 아침이 내게 주어진다

이러한 평범함이
이제는 기적처럼 느껴진다

살아온 것도 몰랐고
살아가는 것도 몰랐고
살아가야 하는 것도 몰랐다

너무 늦었고
되돌릴 수 없으며
그것이 삶이란 걸 이제는 알 것 같다

시간은 지나가는 것으로
물은 흘러가는 것으로
삶은 그저 주어지는 것으로

43. 나에게

나에게 뭐라 하지 않는다
나를 탓하지 않는다
나에게 바라지 않는다

있는 그대로
가진 것 하나 없는 데도
묵묵히 바라만 볼 뿐이다

다시 일어나
발맞추어 걷는다

한결 가벼운 걸음으로
보다 기쁜 마음으로

44. 현실과

현실과 싸우지 않겠다
현실에서 도피하지도 않겠다
현실과 타협하지도 않겠다
현실을 미워하지도 않겠다
현실에 괴로워하지도 않겠다

현실을 온전히 다
받아들이기만 하겠다

45. 촛불

흔들리는 촛불처럼
나의 마음도 연약할 뿐

강한척도 부끄럽고
괜찮은 척도 거짓이니

진실된 모습은
어디론가 사라져
촛불처럼 타올라
알 수 없는 곳으로
돌아올 수 없는 곳으로

46. 어디서

나에게서 시작되어
어디서 끝나는 것인가

누구에게서 시작되어
나에게 오는 것인가

알 수 없는 길을 따라

봄에 부는 바람처럼
한여름 소낙비처럼
가을에 떨어지는 낙엽처럼
소리 없이 내리는 눈처럼

그 모든 것은
그렇게 왔다가
그렇게 가버린다

47. 엄마의 잔소리

엄마는 오늘도 저에게
잔소리를 합니다

추우니 따뜻하게 입으라고
길 미끄러우니 조심하라고
끼니 거르지 말라고
병원 들려다 오라고
너무 늦지 말라고
쉬엄쉬엄 일하라고

제 나이가 얼마인지 아실 텐데도
아직도 제가 어린애로 보이나 봅니다

엄마의 잔소리가 이제는
잔소리로 들리지 않습니다

그리고 그 잔소리가
영원히 계속되었으면 좋겠습니다.

48. 하얀 고독

알 수 없는 서글픔이
가슴에 밀려들고

남모르는 외로움에
마음은 시립다

어쩔 수 없는 운명은
나를 좌절시키고

한스러운 삶의 이면에
답답할 뿐이다

나의 고독은 그렇게
쌓이고 쌓여
흐르는 세월과 함께
하얗게 되어버렸다.

49. 한마디의 말

말 한마디면 됩니다

길게 할 필요도 없습니다
그냥 한 마디면 됩니다

그 한마디가 힘들고 어렵지만
용기를 내야 합니다

망설이고 고민하는 동안에
세월은 여지없이 흘러갑니다

정말 해야 할 그 한마디를
영원히 못할 수도 있습니다.

50. 그냥 사랑

사랑할만해서 사랑할 수는 있지만
그냥 사랑할 수도 있습니다

존재는 그렇게 온전하기에
그 존재만으로 충분하기 때문입니다

그냥 사랑하기 위하여
나의 존재를
크게 하려 합니다

나를 아프게 하고
내가 눈물을 흘리게 해도
모든 것을 품어서
그냥 사랑하려 합니다.

51. 오늘 나는

오늘 내가 만났던 사람에게
나는 어떠했을까?

오늘 그에게 했던 말들과
행동은 어떻게 남아 있을까?

그에 대한 나의 생각과
판단은 정확했을까?

내일 만나는 사람에게
나는 어떠할까?

그동안 만났던 많은 사람들
앞으로 만날 사람들
나는 그 사람들 속에서
어떠한 존재인 걸까?

오늘도 나는 그 사람들 속에서
그렇게 살아가고 있다.

52. 편지

이제나 저제나
그렇게 기다렸습니다

해가 저물어 갈 무렵
집 밖으로 나가
우편함을 열어봅니다

오늘도 비어 있는
그것이 아쉬울 뿐입니다

저녁을 먹고 나서
다시 우편함으로 갑니다

혹시 늦게라도 오지 않았을까
하지만 비어 있을 뿐입니다

빈 우편함을 닫지도 못하고
물끄러미 바라보기만 합니다

그렇게 기다리던 어느 날
습관처럼 우편함을 열었습니다

그곳에 놓여 있는
하얀 편지 한 통

심장이 뛰기 시작하고
가슴은 벅차 오릅니다

갑자기 부자가 된 듯
저 하늘 구름 위에 앉은 듯
더 이상 바랄 것도 없이
세상이 다 내 것인 듯합니다.

53. 저녁 종소리

눈부시던 햇빛
하늘을 빨갛게 물들이고

거세게 불던 바람
어느새 잔잔해져

부지런히 오가던 발걸음
인적마저 끊기고

집으로 돌아오는 새소리에
마음은 평안해져

어두워 가는 밤하늘
별빛은 빛나는데

온 세상을 울리는
저녁 종소리

54. 함박눈

겨울의 한 복판
마음마저 시리고

짙게 흐린 하늘
햇빛도 나지 않아

답답한 마음에
문을 열고 나가보니

펑펑 쏟아지는 함박눈

55. 틈

비가 오래도록
오지 않았습니다

땅은 갈라지고 그렇게
틈이 생겼습니다

비가 오기를 기다리지만
비는 내리지 않습니다

그 갈라진 틈은
점점 더 벌어집니다

아무리 노력해도
땅 스스로는 그 틈을
메울 수가 없습니다

이제는 비가 와도
그 틈이 쉽게 메워질 것
같지는 않습니다.

56. 너

너를 단지 바라만 보고 있었다

나하고는 상관없는 것처럼
내 삶과는 관계없는 것처럼

너는 그 자리에서
나는 이 자리에서
그렇게 타인으로만 서 있었다

이제 너에게 다가가려 한다

나와 상관있는 사람으로
나의 삶 속에 관계 맺으려한다

내 자리는 필요 없고
아무 자리여도 상관없다
이제 타인이 아니길 바라며
그렇게 다가서려 한다

57. 숨겨져 있어서

숨겨져 있기에 몰랐다

어떠한 모습이었는지도 모른 채
그렇게 세월만 흘렀다

찾으려 노력하지도 않았다

나의 마음이 닿지 않아서
내 자신이 더 중요하게 생각되어서

언제 찾을 수 있을지 알 수가 없다

늘 그래왔던 것처럼
일상에 얽매여 있기에

58. 홀로

그렇게 홀로 서 있었다

모든 것을 끌어안고
모든 것을 마주하며
두려움 없이 서 있었다

그 누군 피하라고 한다
다른 이는 하지마라 한다

하지만 그러지 못함을
이해하는 이는 없다

홀로 그렇게 지내왔기에
누군가와 나누지도 못한다

나도 언젠간 쓰러지고
넘어지는 날이 올 것임을 안다

홀로 서 있다는 것
그것이 운명인가보다.

59. 기회

기회를 다시 얻지는
못할 듯하다

언제든 원하면
주어질 줄 알았건만

어느새 마지막이
되어 버렸다

흘러간 곳으로
다시 돌아오지 못하니

삶이 두려울 뿐이다

희망을 가지고 싶어도
가질 수 없음에

바라고 원해도
이루어지지 않음에

이제는 마음을 접는다
그것이 나의 한계이므로.

60. 평행선

닿을 수 없다는 걸 알면서도
닿기를 바라는 건 욕심일까?

혹시라도 몰라 달려가도
계속 이어지기만 할 뿐이다

조금 더 달려보아야 할까?
어디까지 가야 할까?
저 멀리 보이는 지평선이
멀어 보이지도 않는다

지평선까지 달려야 할까?
지칠때까지 가야 할까?

아니, 그냥 이 자리에 앉아
바라만 보아야 하는 걸까?

61. 생각

사실이 아니다
그저 생각이 나는 것일 뿐

내가 주인이 아니다
그저 떠 오르는 것일 뿐

두려워할 필요 없다
내 것이 아니니

통제할 필요도 없다
가능하지도 않으니

연연하지 않는다
바람처럼
구름처럼
그렇게 흘러갈 것이니

62. 추억

아련한 저 너머의 추억과
이제는 작별을 고해야 합니다

아름다운 추억일지 모르나
이제는 의미없기 때문입니다

가끔씩 생각이 날 수는 있지만
마음만 아플 뿐입니다

이제는 새로운 추억을 만들기 위해
발걸음을 다시 재촉합니다

어떤 일들이 앞에 놓여
있을지는 모르나
늘 하던대로 발걸음을 옮기겠습니다

63. 시간들

아무리 기다려도
지치지 않았던 시간들

어서 오기를 손꼽아
기다렸던 시간들

희망에 부풀어
기대 가득했던 시간들

많은 것을 아낌없이
나누어 주었던 시간들

하얗게 밤을 새우며
그리움에 젖었던 시간들

그 아름다운 시간들은
다 흘러가고
이제는 무엇이 남아있는 것일까.

64. 별을 따라서

불어오는 바람은
나를 흔들고

그 바람에 밀려
길을 잃었다

다시 길을
찾을 수 있을지

어느 쪽으로 가야할 지
알 수 없지만

밤 하늘에 빛나는
별을 따라서

그것만 바라보며
걷기로 했다.

65. 심해 속에서

깊고 깊은 저 심해의
바닥 끝까지 내려가 보았다

원하지는 않았지만
타의에 의해 갈 수밖에 없었다

햇빛도 닿지 않아 사방은 깜깜하고
생명의 흔적조차 느낄수가 없었다

심해의 압력은 온몸을 짓누르고
모든 것은 사라져 아무것도 없었다

눈을 감으니 마음의 눈이 떠졌고
귀를 닫으니 마음의 소리가 들렸다

더 내려갈 곳도 없으니
이제는 올라갈 일만 남았음을 알았다.

66. 보물 찾기

어디 숨어있는 것일까?
아무리 찾아도 알수가 없다

나만 찾지 못하는 것일까?
다른 사람은 다 찾은 듯한데

언제까지 찾아야 할까?
마음은 조급하고
해는 뉘엿뉘엿 넘어가는데

영원히 못 찾게 되는 걸까?
나에겐 아예 오지 않을 듯하다.

67. 그저 있을 뿐

바라지 않고
그저 있을 뿐

말하지 않고
침묵할 뿐

행하지 않고
살펴볼 뿐

저항하지 않고
내려놓을 뿐

68. 파랑새

내 안에 파랑새가 있다

다른 사람을 바라볼 필요 없고
다른 것을 의지할 필요도 없다

언젠가 모두 날아가 버리고
아무것도 남지 않을 테니

내 안의 파랑새만 바라본다

69. 살아있음에

나에게 그 무엇이 없어도
살아있음에 감사할 뿐이다

내가 할 수 없는 것이 있어도
오늘이 있음에 감사할 뿐이다

원하지 않는 것이 다가와도
저항할 수 있으니 감사할 뿐이다

많은 것들이 떠나가도
지나온 시간에 감사할 뿐이다.

70. 그런 거야

함박눈이 펑펑 내려
대지를 뒤덮듯

깜깜한 밤하늘에
별이 빛나듯

따스한 봄햇살에
예쁜 꽃이 피어나듯

메마른 논밭에
단비가 내리는 듯

진흙 가득한 연못에서
연꽃이 피어나듯

무더운 한 여름
소나기가 내리는 듯

계곡에서 강으로
물이 흐르는 듯

어스름한 저녁에
반딧불이 반짝이듯

온 산에 울긋불긋
단풍이 물들듯

저 높은 하늘 위로
구름이 떠가는 듯

71. 그것을

삶의 끝에서 그것을 바라본다
모든 것이 연기처럼
사라져 버리고 있음을

절망속에서 그것을 희망한다
아직은 소중한 시간이
남아 있기를

인내 속에서 그것을 소망한다
이제는 그 끝에
닿을 수 있기를

아픔 속에서 그것을 소원한다
깊은 상처가 속히
치유 되기를

72. 없어야 있다

내가 없어야 네가 있고
네가 없어야 내가 있다

내가 있고자 함이 최선이 아니고
네가 있고자 함도 최선이 아니다

나를 주장할 필요도
너를 주장할 필요도 없다

너를 있기 하기 위해
나를 비우려 한다

너의 존재를 위해
나를 내려놓으려 한다

그 이상은 나의 영역이 아니니
그것으로 나는 자유로울 수 있다.

73. 선택

선택할 수 있는 것은
남아 있지 않았다

나 자신의 내면만이
남아 있었다

나의 마음을 그래서
선택했다

무엇으로부터 구속되지 않고
어떤 것에도 집착하지 않으며
지나온 것을 후회하지 않은 채
모든 것에 두려움 없이
남아 있는 시간을 위해

나의 마음을 그렇게 선택했다.

74. 그 이유

저 높은 하늘을
바라보는 이유는
닿을 수 없기 때문입니다

저 먼 바다를
바라보는 이유는
그리움이 있기 때문입니다

저 푸른 산을
바라보는 이유는
추억이 있기 때문입니다

저 밤하늘 별을
바라보는 이유는
아직도 가슴에 남아있기 때문입니다.

75. 필요 없으니

거부할 필요도
저항할 필요도 없습니다
지속될 뿐입니다

싫어할 필요도
미워할 필요도 없습니다
괴로울 뿐입니다

밀어낼 필요도
외면할 필요도 없습니다
다가올 뿐입니다

마주하고
인정하고
그저 바라보며
받아들일 뿐입니다.

76. 저녁 종소리

저 먼 서쪽 하늘
노을은 물들고

스산한 바람에
구름은 밀려가네

짙어지는 어둠에
대지는 잠들고

어디선가 들리는
저녁 종소리

무거웠던 내 마음엔
평안이 찾아오네

77. 모두 가버리고

모두 가버린 자리엔
아무도 없었습니다

혼자서 주위를 맴돌며
물끄러미 바라만 봅니다

어디선가 불어오는 바람은
흙먼지만 날리게 합니다

해는 서산으로 넘어가며
어두움이 찾아오고 있습니다

홀로 그 자리를 지키며 고개들어
먼 하늘을 바라봅니다

오늘은 구름마저 가득한지
별 하나 빛나지 않습니다.

78. 압니다

불러봐도 대답없고
말걸어도 소용없다는 걸 압니다

파도는 벽이 되어
건널 수도 없다는 걸 압니다

희망은 연기처럼
소원은 이슬처럼 사라졌습니다

먹구름은 비로 내려
모든 것을 쓸어갈 것 입니다

이제는 내 마음도
문을 닫아야 함을 압니다.

79. 소리내지 않아도

그렇게 소리내지 않아도
마음을 울리고 있습니다

지나가는 바람에도
마음은 흔들리고 있습니다

눈물 머금은 그 눈이
마음을 무겁게 합니다

눈물이 그치지도 않고
마르지도 않는 이유는 무엇인지
알 수가 없습니다.

80. 추락

높이 날아 올라가
좋은 줄 알았건만

다시 추락할 것을
누가 알았을까요

올라가는 것보다
더 빨리 추락하기에
아픔과 상처가 깊은가 봅니다

다시 올라갈 날이 올까요

올라가도 또 추락하는 것은
아닌지 두렵기만 합니다.

81. 길 아닌 길

길이 아닌 줄 알면서도
가버리고 말았습니다

가지 말아야 할 것을 알면서도
가버리고 말았습니다

가다 멈추어야 함을 알면서도
그렇게 갔습니다

돌아와야 한다는 걸 앎면서도
계속 가고 말았습니다

이제 돌이킬 수 없게 되어
가지도 오지도 못하게 되었습니다.

82. 선 그리고 악

악한 이가 있었기에
선한 이가 있는 것인지

악인이 선해지는 것
선한 이가 악해지는것

선이 악을 이길지
악이 선을 이길지

언제 선해질 지
언제 악해질 지

선과 악은
그렇게 함께 하는 것인지

그것이 운명인 것인지

83. 풍경소리

서산에
붉은 해는
뉘엿뉘엿 넘어가고

계곡의
맑은 물은
쉼없이 흐르는데

어디선가
들리는 풍경소리에

헤매이던 내 마음은
길을 찾는다.

84. 삶이 내게

삶이 내게 어떻게 다가와도
나는 아무렇지도 않습니다

삶이 내게 어떤 것을 요구해도
나는 다 해줄 수 있습니다

삶이 내게 선택을 없게 해도
나는 주어진 것을 따르렵니다

내가 삶을 거부하지 않기에
삶이 내게 어떻게 오더라도
더 이상 어려움은 없겠지요.

85. 그래야만 하는가

말을 하지 않는다고
진실이 가려지겠는가

변명하지 않는다고
알려지지 않겠는가

힘이 없다고
할 수 있는 것이 없다고

그토록 아프게 하고
상처를 주어야 하는가

하늘 밝아지는 날
진실은 알려지리니

86. 보름달

창밖에 떠 있는 보름달은
나를 바라보는 것만 같습니다

나도 한참이나 가만히
보름달만 바라봅니다

저리도 나를 오래도록
바라보는 것이
신기할 따름입니다

모든 것은 잠시만
나를 바라보다 떠나갔건만

보름달은 계속해서
그 자리를 지키고 있습니다.

87. 별과 같이

머언 먼 산 너머 그곳에
있었는지 모른다

들리지도 않고
보이지도 않았던 그곳에
숨어 있었는지 모른다

나의 울음에 답을 하려는지
나의 눈물을 닦아 주려는지

저 하늘의 별과 같이
어둔 밤에 나타난 것인지 모른다

스쳐지나가는 별이 아니길
내 마음은 그렇게 빌고 있었다.

88. 운명

억겁의 시간을 넘어
무한의 공간을 지나

계획된 것도 아닌
원했던 것도 아닌

일어날 수 없는 확률로
불가능에 가까운 사건으로

여기
이곳에서
지금

그렇게
존재함으로

이제는
마음의 세계속으로
부정할 수 없는
영혼의 날갯짓으로

그 세계를 볼 수 있는
그 운명으로

89. 그렇게도 몰랐다

나 자신의 약함을 모른 채
강한 줄만 알았다

가까운 것도 볼 수 없는데
먼곳까지 보이는 줄 알았다

아무것도 없었는데
많은 것이 있는 줄 알았다

당연히 건너갈 줄 알았건만
그 강에 빠져버리고 말았다

이제는 나의 힘으로는
거기서 헤어나올 수가 없음을 안다

이제는 모든 것을 맡길 뿐이니
나의 존재의 참모습과
만날 수 있으리라.

90. 최선

최선을 다했지만
모든 것을 잃었다

나의 최선은
최선이 아니었을까

최선이 아니란 걸
몰랐던 것일까

삶이 그렇게
가혹한 것일까

이제 최선을 다할
용기가 있을까

91. 그 소리일까

멀리서 들려오는 소리에
귀를 기울여 본다

혹시나 그 소리인가 싶어
기다리던 그 소리인가 싶어

밤은 깊어가고
사방은 적막하기만 한데
이제는 아무 소리도 들리지 않는다

기다리고 기다려도
그 소리는 들리지 않으려나 보다

92. 마지막 눈

마지막 겨울눈은
언제일까

이미 마지막이었을까
다음이 마지막일까

어느새 겨울은
그렇게 지나고

지난 겨울
그리 눈이 내리기도 했건만

세월이 그저
흐르기만 하는 것일까

마지막 눈이라도
내 마음속에 펑펑 내리기라도 했으면

93. 그곳

저 멀리 보이는 것이
아름다운 줄만 알았다

그곳에 닿기 위해
걷고 또 걸었다

지치고 넘어져도
일어나 다시 걸었다

그곳에 닿아보니
이곳과 다를 것이 없었다

왜 그리 그곳에
닿으려 했던 것일까

그것을 진정 몰랐던 것일까

잃어버린 시간은
어찌해야 하는 것일까

94. 물 따라

물 따라 흘러가야
했는가 보다

바람따라 흘러가야
했는가 보다

산이 높으면 높은대로
강이 깊으면 깊은대로
그렇게 가야 했는가 보다

이제라도 그렇게 가야할까 보다

비가 오면 오는 대로
눈이 오면 오는 대로

그렇게 가야할까 보다

95. 눈 속에 있어

눈 속에 파묻혀 있어
몰랐던 것일까

바위 틈 사이라서
몰랐던 것일까

보이지 않았던 새로운 삶은
그렇게 시작되는 것일까

이유가 무슨 문제리오
이제는 찬란하게 꽃 피워
풍성하게 열매 맺으리

잃음

정태성 아홉 번째 시집

값 8,000원

초판발행 2022년 6월 1일
지 은 이 정태성
펴 낸 이 도서출판 코스모스
펴 낸 곳 도서출판 코스모스
주　　소 충북 청주시 서원구 신율로 13
대표전화 043-234-7027
팩　　스 050-7535-7027

ISBN 979-11-91926-23-1

나에게서 시작되어
어디서 끝나는 것인가

누구에게서 시작되어
나에게 오는 것인가

알 수 없는 길을 따라

봄에 부는 바람처럼
한여름 소낙비처럼
가을에 떨어지는 낙엽처럼
소리 없이 내리는 눈처럼

그 모든 것은
그렇게 왔다가
그렇게 가버린다

값 8,000원

ISBN 979-11-91926-23-1